AF403828

BLUETTES RIMÉES

Par P.-J. K.

> J'ai toujours été trop sérieusement occupé pour chercher autre chose qu'un délassement honnête dans les lettres.
>
> BEAUMARCHAIS.

SÉRIE A

CHAUMONT

TYPOGRAPHIE ET LITHOGRAPHIE DE VEUVE MIOT-DADANT.

1876

SOMMAIRE.

Quelques Stances pour Introduction.

Je trace ces bagatelles
Pour échapper à l'ennui ;
L'oubli des peines réelles
Se trouve dans l'infini.

On se chagrine sans cesse
Par les vapeurs de l'esprit,
Vrais enfants de la paresse,
Que trop de loisir produit.

L'univers toujours gravite,
Rien ne stationne longtemps ;
En nous notre sang s'agite
Et suit son cours en tout temps.

La force dont on dispose
Tout au travail appartient ;
Le bras qui trop se repose
Inerte bientôt devient.

O ! travail qui nous console,
Tous mes instants sont à toi ;
Mes loisirs, je les immole
Et dis : « Cette œuvre est de moi. »

P.-J. K.

SOLITUDE

Impromptu écrit à Konigshoffen.

Seul !... Non, il n'est de solitude
Que pour l'égoïste endurci.
Atomes, fleurs et fruits, toute une multitude,
Heureuse de la vie, à Dieu chante : Merci !
Doux moments, doux plaisirs, enfantins mais sublimes
Qui pénètrent mon âme et m'inspirent ces rimes,
Où l'esprit et le cœur toujours sont de moitié,
Qui ne vous ressent pas, est digne de pitié !
Quittons ces bois, ces champs, cette belle nature ;
Là-bas fument les toits de la cité impure.
Rentrons, mais remarquons, au sentier que l'on prend,
Le pauvre et sa main qu'il nous tend.

P.-J. K.

A Mademoiselle Maria L...

Maîtresse du pensionnat de demoiselles de ***

A l'occasion de sa fête, le 15 août 1871.

*Compliment prononcé par Mlle Marie ***, son élève.*

Avant de prononcer une seule parole
Pour célébrer un nom parmi nous tant aimé,
Maîtresse, permettez qu'une larme console
Notre pauvre pays, par le fer décimé.
 A vous, source de nos lumières,
 Qui honorez votre saint nom,
 Nous venons, humbles écolières,
 De quelques fleurs vous faire don.
 Que la divine Providence
 Garde vos jours si précieux ;
 Quand on se consacre à l'enfance,
 On est déjà béni des cieux.
De la vie, avec vous, faire l'apprentissage,
Tel est notre désir et tel est notre espoir.
De notre attachement, en vous offrant le gage,
Nous remplissons un doux et filial devoir.
Vous aimer en enfants, vous, pour nous une mère,
Est un bonheur constant qui n'a rien d'éphémère,
Qui réjouit encor, quand viennent les vieux jours,
Comme un bon souvenir qu'on caresse toujours.

P.-J. K.

A MA FILLE

Agée de quinze ans,

A l'occasion de ses étrennes du 1ᵉʳ Janvier 1873.

Le Créateur aime à donner
Santé, fortune et dons par mille ;
Mais trop souvent le difficile
Est de savoir les conserver.

Ouvre ta main, voici de l'or,
Enfant chérie et bien-aimée ;
Ainsi commencera l'année
Qui devra t'en donner encor.

Sois forte en tout, montre du cœur ;
Sache amasser pour être à l'aise,
Et mil huit cent soixante-treize
T'ouvrira l'ère du bonheur.

P.-J. K.

A LA VIOLETTE

Violette, petit trésor,
Fleur souvent incomprise,
Tu reprends déjà ton essor
Quand l'âpre bise souffle encor.
Petit tout comme toi, gaîment je sympathise
Avec l'humble parfum, si pénétrant, si doux,
Qu'un zéphir embaumé sait diriger vers nous.
Jalouse, creuse et vaine,
Exhalant une odeur de haine,
Ne pouvant rien offrir que ses teintes de fard
Et son air suffisant qui choque le regard,
L'orgueilleuse tulipe,
Se dressant de dépit, quand ton dédain la fripe,
De ta suavité voudrait masquer l'ardeur !
C'est vers toi, néanmoins, emblème de candeur,
Que s'étend notre main, que se penche le cœur.
O fleur si poétique,
Cache-toi, cache-toi toujours,
Comme une bien chère relique
Qu'on ne touche jamais qu'au profit des amours.

P.-J. K.

SON SOUVENIR

Paroles de Maëder. — Musique de Bornhorst.

Extrait d'un viel almanach allemand et traduit à la mesure musicale
par P.-J. K.

1

Que j'erre par monts et forêts,
Ou dans la vallée ;
Sous l'ombrage le plus épais,
Près d'un torrent bouillant ou frais,
A toi ma pensée !

2

Au sein des plus gais compagnons,
Mon âme isolée,
N'aime chants ni libations ;
Ta seule image, aux traits mignons,
Est dans ma pensée !

3

Dans mes rêves délicieux,
Tu vis entourée
D'anges purs, doux et radieux.
A tes charmes voluptueux
Toute ma pensée !

4

Seul ? — Non ! Il n'est plus de douleur ;
Comme une rosée,
Ton image inonde mon cœur ;
A toi mes instants de bonheur,
A toi ma pensée !

LE DÉVOUEMENT

ROMANCE.

Paroles de P.-J. K.   Musique de E. DE L'H...

REFRAIN.

Se dévouer, en prodiguant sa vie,
D'un noble cœur c'est le but ici-bas.
Qui fut martyr de sa philanthropie
Laisse un regret et n'en éprouve pas.

1

Le monde entier est un vaste navire,
Et tout mortel en est un matelot;
En s'entr'aidant, si l'un de nous chavire,
On peut sombrer et revenir à flot.
    Se dévouer, etc.

2

A moi le pauvre, à moi toute infortune;
Gaîment je donne à la main qu'on me tend.
La charité, tout comme la fortune,
Change en trésors l'obole qu'on répand.
    Se dévouer, etc.

3

Du combattant, mutilé sur la brèche,
Qui veille et prie à son lit de douleur?
A l'orphelin, délaissé sur la crèche,
Qui lui sourit? C'est la chrétienne sœur.
    Se dévouer, etc.

Dans l'incendie où se débat l'infirme,
Chacun hésite et recule d'effroi ;
Mon bras le sauve. On tremble. Eh bien, j'affirme
Que ces dangers sont de beaux jours pour moi.
    Se dévouer, etc.

5

Près du rivage, on crie, on se rassemble :
Un jeune enfant disparaît sous les eaux ;
A lui je vole, et nous mourons ensemble.
Au lieu d'un seul, on creuse deux tombeaux.
    Se dévouer, etc.

ÉPILOGUE.

L'oubli du bien est la moindre des fautes
Des cœurs ingrats que le vice a perdus.
Qu'importe à moi ! Dans les sphères plus hautes
Est la couronne offerte à nos vertus.

Se dévouer, en prodiguant sa vie,
D'un noble cœur c'est le but ici-bas.
Qui fut martyr de sa philanthropie
Laisse un regret et n'en éprouve pas.

SA MÉLODIE

Air d'une valse.

Que j'aimais entendre
Cette voix si tendre,
Qui savait répandre
Des sons si touchants !
Douce mélodie,
Charme de ma vie,
Mon âme attendrie
Chérit tes accents.

Pensers d'amour partout nous suivent ;
Dans la douleur, c'est du plaisir.
Doux souvenirs toujours survivent
Au temps qui ne peut revenir.
Que j'aimais, etc.

Combien de fois, sous le feuillage,
En l'attendant, mon cœur battait.
D'heureux oiseaux, par leur ramage,
Frappaient l'écho, qui répétait :
Que j'aimais, etc.

Vers le bonheur, sans cesse on vole ;
Dès qu'on l'atteint, vite il s'enfuit.
Dans l'abandon, ce qui console,
C'est un espoir qui toujours luit.
Que j'aimais, etc.

Ne pleurons plus, séchons nos larmes ;
Ne poussons plus de chant plaintif.
Amour, plaisirs, ris, jeux, alarmes,
Tout en ce monde est fugitif.
Que j'aimais, etc.

P.-J. K.

LA COUTURIÈRE

Air du *Verre*.

Humble comme la fleur des champs,
Comme l'abeille, travailleuse ;
Aux frimas, tout comme au printemps,
De peu je sais me rendre heureuse.
Mon bonheur, c'est ma liberté.
Je la possède et j'en suis fière.
Travail, plaisirs, franche gaîté,
Sont les biens de la couturière.

La fortune parfois, dit-on,
Nous sourit par un pur caprice ;
De lui plaire si j'ai le don,
Ah ! ce sera sans sacrifice.
Pour trésor, j'ai ma fleur d'amour ;
Je puis l'offrir belle et entière.
S'il doit luire, cet heureux jour,
Quel beau rêve de couturière.

Le sort aime à nous éblouir,
Par les attraits de l'opulence ;
Mais, toujours prêt à nous trahir,
Il se moque de l'innocence.
Pour quelques jours trop séduisants,
On attriste sa vie entière.
Fuyons, fuyons ces maux cuisants,
Et restons gaîment couturière.

P.-J. K.

MON ANNETTE

Air de *l'Apothicaire.*

Dans mon Annette, je vois tout,
Et la beauté, et la jeunesse.
Annette seule est de mon goût ;
Aussi je l'aime avec ivresse.
Ses appas, je veux les vanter :
Du haut en bas, elle est parfaite.
Mon bonheur, je veux le chanter,
Car je le tiens de mon Annette.

Honte à qui ne connaît l'amour.
Hommes blasés au cœur sordide,
De mon Annette, faite au tour,
Admirez l'air doux et candide.
Je veux vivre pour l'adorer ;
Ma passion tient du délire !
Par mes chants je veux proclamer
Le nom chéri qui les inspire.

J'avais fait vœu de célibat,
Mais ce n'était guère la peine ;
Pendant huit jours, sur mon grabat,
Je gémissais à perdre haleine.
Être misanthrope à vingt ans !
Faudrait avoir perdu la tête.
Tout doit être rose au printemps ;
Retournons vite aimer Annette.

P.-J. K.

LE MERLE DU QUARTIER

Air *Drin, drin, drin, drin, drin.*

Belles du quartier,
Je suis l'amoureux chansonnier,
Chaud comme un brasier,
Et merle par métier.

Pour réjouir le cœur de ma Pandore,
Je lui siffle mon couplet matinal ;
Mon œil tout rond lui dit que je l'adore,
Car son GÉSIER me paraît sans égal !
Belles du quartier, etc.

Quand, vers midi, Cocotte se remplume,
Son beau sein blanc brille comme un miroir.
Gutte est ma peau, bistreux est mon costume ;
Mais on n'est pas si diable qu'on est noir.
Belles du quartier, etc.

A tout beau jour succède la nuit sombre,
Où chaque objet semble du rococo.
Je tais mon bec ; mais seul, tout bas, dans l'ombre,
Je dis encore : Oh ! pense à ton coco !

Belles du quartier,
Je suis l'amoureux chansonnier,
Chaud comme un brasier,
Et merle par métier.

P.-J. K.

SENTIMENTS BRIENNOIS

IDYLE

Paroles de P.-J. K.   Musique de A. B.

1

Heureux séjour, au riant paysage,

Qui te connaît ne veut plus te quitter;

Mainte hirondelle y fixe son passage,

Sous plus d'un toit toujours hospitalier.

Comme l'oiseau qui vient et s'en retourne,

Reposons-nous sur ces coteaux si frais.

Vivons, aimons! Sur ce monde qui tourne,

Un cœur aimant ne vieillira jamais!

2

Là-bas, du pauvre est l'humble maisonnette;

D'un prince, en haut, brillent les lambris d'or;

Entre les deux est ma douce retraite;

La paix y règne, et c'est là mon trésor.

De mon repas, moi simple anachorète,

A mes amis parfois j'offre les mets.

Ces jours heureux se nomment jours de fête;

Un cœur aimant ne vieillira jamais!

3

Avant d'entrer par les portes du Louvre,

Un conquérant qui n'avait pas seize ans,

De neige armé, vainquit au *Bout-de-Douvre* (1),

En préludant aux combats de géants.

Napoléon ! ton auguste auréole

Plane toujours sur notre sol français.

D'un saint respect entourons son école ;

Un cœur aimant ne vieillira jamais !

4

Le Champenois, des choses de la vie,

S'il sait en prendre, aussi sait en laisser.

Imitons-le, et que notre âme unie,

Aux noirs soucis n'aille pas s'abaisser.

Laissons couler le fleuve de sa source ;

Dans le chenal, sachons nous placer.... mais

En ne hâtant point par trop notre course,

Un cœur aimant ne vieillira jamais.

(1) Le *Bout-de-Douvre* est l'emplacement où se trouve l'ancienne École militaire, et où Napoléon I", encore écolier, a livré la bataille connue sous le nom de *Combat des boules de neige*.

L'ÉCHO DU PASSE-TEMPS

CHANSONNETTE

Paroles de P.-J. K.Musique de A. B.

Un écho des plus comiques,
Vrai tuyau d'harmonium,
Par ses redites caustiques,
Charme mon capharnaum.
Cette petite merveille
Change tout en mots plaisants ;
Parfois, je prête l'oreille
En guise de passe-temps ;
Mon écho dit : *Des cancans.* (Imitez l'écho.)

Pour le mieux tout va sur terre,
Excepté quand tout va mal.
Nulle fleur à mon parterre,
Pour embellir mon local.
Quand je sens sous l'épiderme
La sève d'un chaud printemps,
Fraîche rose, au maintien ferme,
Serait un doux passe-temps.
L'écho répond : *Passe-t-en.*

Chacun veut rouler sa bosse,
Courir sus aux millions.
Plus d'un croit rouler carrosse,
Qui revient sous les haillons.
Quel mirage est l'espérance !
Un appât d'adolescent.
Réussir, c'est quand la chance
Nous choisit pour passe-temps !
L'écho dit : *C'est rarement.*

L'autre soir une donzelle
Que Lucas poursuit en vain,
En cachette et sans chandelle,
Parlait bas à son voisin.
Pendant plus d'une grande heure,
On solfia de doux chants.
Lucas, devant la demeure,
Écoutait ce passe-temps.
L'écho murmure : *Oh ! Va-t-en.*

Aux buveurs incorrigibles,
A tout cœur trop amoureux,
Surtout aux femmes sensibles,
Conseillons, pour être heureux,
De percher sur les étages
Abrités de gros auvents ;
Là, le bruit des commérages
Ne trouble aucun passe-temps.
Fol écho dit : *Donne-t-en*

Cent couplets trouveraient place
Pour finir cette chanson.
Quand viendra quelque disgrâce,
Faites-vous cette leçon :
« Du guignon l'affaire est faite ;
« Comme il vient, prenons le temps.
« A mauvais jeu, bonne tête ;
« La vie est un passe-temps. »
L'écho s'écrie : *Ah ! sers-t-en.*

LA COQUELUCHE DES GRANDS ENFANTS

Katcho, katcha, katchou, katcha !
Quelle épidémie est-ce là ?
Je vous le dis, foi de Merluche,
Tous, nous avons la coqueluche !

Faut-il qu'un adulte,
Qui faisait son culte
D'aimer le rire et le bon mot,
Fasse concurrence
A la tendre enfance
Et s'étrangle comme un marmot.
Ce qu'ici je chante,
N'est pas, je m'en vante,
Un morceau du dernier bon goût.
A peine si j'ose
Débiter la chose,
Car on l'apprend du premier coup.
Katcho, katcha, etc.

L'âpre maladie,
Par sa perfidie,
Du verbe nous fait un sifflet.
Adieu ma harangue,
C'est surtout la langue
Qui ne produira plus d'effet.
Que de gens en peine
D'avoir cette gêne,
Qui les prive de leurs moyens.
Humaine éloquence,
Tu gémis d'avance
De voir à combien peu tu tiens.
Katcho, katcha, etc.

Fatale atmosphère,
Extraordinaire,
Je t'implore pour mes amours.
Malgré ma voix rauque,
Et mon teint de phoque,
J'aime. Ah ! oui, j'aimerai toujours !
A mainte fillette,
En contant fleurette,
J'étais son doux coqueluchon.
Tout minois se fripe,
Et, comme ma pipe,
Je me culotte pour de bon.

Katcho, katcha, etc.

La petite dame,
S'unit à la gamme,
Et prend son lait de poule au lit.
Discrète visite
Pénètre en ce gîte,
Et la belle se rétablit.
Un coursier postiche
Que la mode affiche,
Insolent autant qu'importun :
Le vélocipède,
Orgueilleux bipède,
Semble être atteint du mal commun.

Katcho, katcha, etc.

Tout mon bénéfice
Se change en réglisse
Dont l'arome enivre le cœur.
La chique console.
Pour moi, je raffole
Du jet limpide en sa noirceur.
Quand un mari tonne,
Son épouse entonne
Un chant dont frémit la maison.
La douce harmonie
Est de la partie,
Car tous deux font à l'unisson :

Katcho, katcha, etc.

P.-J. K.

PAS DROLE DU TOUT

DICTON POPULAIRE

Paroles recueillies
par P.-J. K.

Mélopée mise en ordre
par A. B.

—◦◦◦◦—

1er COUPLET.

Y m' faut du drôl' pour que j' m'amuse ;
L' sérieux, c' n'est pas mon cousin.
On dit qu' j'ai l'air d'êt' un' vrai' buse ;
Ça n' gên' pas pour filer son ch'min.

(Parlé.) Et d'abord, excusez, mais ça m' démange
d' vous dire qu'on n'est pas si bête que l' groin pour-
rait le laisser croire. On a z'été un tantinet forgeron
et on sait encore ben river un clou. N'y a pas besoin
non plus d'être un Gaspard à tous crins pour savoir
damer l' pion aux malins. Suffit ! j' m'entends et
j' n'entends pas qu'on mécanise ma silhouette.

C'lui qui voudrait me fair' d' la peine,
De mon rouleau n' tiendrait pas l' bout ;
Pour lui répond', j'ai de l'haleine....
Et puis ça d'vient pas drôl' du tout ! *(bis)*

(Parlé.) Fallait m' voir, jadis autrefois, comme j' te
vous maniais la massue de carton, au cortége du
bœuf gras ! Y a z'eu plus d'un nez qu'a été mis d' ni-
veau avec son menton, pour avoir voulu r'nifler à
l'endroit d' ma personne...(Pause.) Après c' temps-là,
a fallu s'ingurgiter les formes dans l' pantalon ga-
rance ; ça beau êt' rouge, c'est pas toujours couleur
de rose.

2ᵉ COUPLET.

Épais et fort comme un' muraille,
C'était solid' le gars que v'là !
On m' fait soldat ; j' goût' la mitraille ;
On m' crève un œil, on m' fend par là...
Ah ! c'est du beau, mais c'est du triste ;
Ces gueux d' chass'pots sifflent partout.
Quand de la gloire on perd la piste,
Moi, j' trouv' que c' n'est plus drôl' du tout ! (*bis.*)

(Parlé.) La gloire... c'est bon, c' légume-là, quand
l' soleil l'a fait mûrir ; mais quand l'astre ne l'a pas
sucré, autant du verjus. Ah ! j'en ai essuyé des in-
fortunes pour m'adjoindre la fortune ! J' me précipi-
tais sur tous les métiers, et partout on m' criait du
dedans : « Y A DU MONDE. » J'allais d'jà commencer
par me tresser d' la corde de pendu pour m' porter
bonheur, quand *subito* j' suis enrôlé pour devenir le
flûteur d'un troupeau de bêlants. C'te position sociale
m' fait faire des réflexions : J' me considère dans mon
ensemble, et j' m'aperçois qu'il me manque une ber-
gère ; alors j' me dis comme çà :

3ᵉ COUPLET.

V'là qu' t'as bien fait tout' tes folies,
Qu' t' es démoli du haut en bas ;
Y m' paraît temps que tu t' maries ;
J' voudrais te voir un' femm' sous l' bras.
Pendant que j' caus' comm' f'rait un livre,
Un' bell' m'enjôl' par son bagout....
J'ai cinq enfants et pas de quoi vivre,
Et j' dis que c' n'est pas drôl' du tout ! (*bis.*)

(Parlé.) Sans compter qu' ma légitime est z'une commère qu'est munie d'un parlement qu' c'est plaisir de l'entendre. Son cornet n'a pas d'pistons, mais ça n' la gêne guère ; elle vous habille et vous déshabille la population des deux *sesques*, que les ceux et les celles qui sont piquées de son dard ont besoin d'un crâne bain, quand la susdite les a enduits d'une réputation quelconque. Faut voir aussi comme ma moitié s' regimbe quand j' prends l' commandement d' la colonne. Mais ça, ça m'est inférieur, puisqu'aujourd'hui j' vas m' produire dans la capitale. Oui, je m' fais *aronaute*. C'est là qu'on domine du haut de sa hauteur ! Et puis, trois francs dix sous par jour, et cinq sous d' plus quand l' patron monte, parce que ce jour-là faut lâcher le gaz pour lui enlever le ballon ; c'est joliment mon affaire.

4e COUPLET.

Une araigné' m' trott' dans la tête ;
Ça s' trouv' comm' ça dans chaque cerveau.
Vivre à Paris, s'rait ma p'tit' bête ;
Des ports de mer, c'est le plus beau ;
On s' pose, on s' tortille, on s' ballade,
On peut fair' croir' qu'on a d' l'atout ;
Mais faut l' jaunet pour c'te toquade,
Car sans l' sou c' n'est pas drôl' du tout ! (*bis*)

LA DISTRIBUTRICE DES POSTES

CONVERTIE... EN RECEVEUSE

OU

LE PLEIN EXERCICE [1]

*Actualité à l'occasion de la conversion des bureaux de distribution
en bureaux de plein exercice, en 1874.*

Air : *Envers le sou, pourquoi tant d'injustice.*

Quel doux plaisir que le *plein exercice*,
Pour tous les cœurs par l'ardeur enflammés.
Jadis j'étais humble *distributrice*....
De gros soupirs à regret comprimés.
Receveuse, je tiens le *monopole*
D'un tendre époux jurant qu'il m'appartient.
Nos sentiments s'épanchent *sans contrôle ;*
Ah ! quel bonheur pour celle qui le tient !

Se *déclarer* d'une *valeur* trop grande
Entraîne à plus d'un désappointement.
Les sots *timbrés* que rien ne *recommande,*
Chargés d'orgueil, chantent ce boniment.
Grands et petits, prôneurs de bagatelles,
Vers mon *office, acheminez* vos pas ;
Soir et matin, je donne des nouvelles,
Parlant *au vrai,* même en ne l'étant pas.

(1) Les mots imprimés en lettres italiques sont des termes profes-
sionnels qu'il est nécessaire de connaître pour apprécier la portée de
certains vers.

Joindre au savoir un peu de savoir-faire ;
Tout déchiffrer, même l'imbroglio,
Sont des *secrets* qu'on n'apprend d'*ordinaire*
Qu'en possédant sa gamme et son trio.
Mais solfier sur la *note* inégale,
Tel est le lot que l'on trouve au *début*.
L'*instruction* ne devient *générale*
Que lorsque rien ne se change en *rebut*.

Pour *compléter* une heureuse existence
A la *recette* il faut de l'*excédant*.
Pour bien *gérer*, limiter la *dépense* ;
Tout *plus-trouvé* sait se rendre attrayant :
C'est la jeunesse au sein de la famille,
Qu'un *plus-trouvé* rayonnant d'avenir.
Notre *trésor* se perpétue et brille,
Quand *plus* et *bon* peuvent se réunir.

Pauvre fillette en vain se sacrifie,
Croyant toujours faire ce *bon-trouvé* ;
Elle *constate*, à la fin de sa vie,
Qu'elle n'a fait qu'un *moins* fort peu goûté.
L'espoir s'enfuit, et la pauvre captive
Reprend vite sa *modération*.
Pour ses rêves, toute la perspective
C'est d'arriver à l'*annulation*.

Mais non ! *taxer* notre tâche d'ingrate,
C'est ravaler les plus nobles labeurs ;
Mainte grâce par nous marque sa *date* ;
Nous *dirigeons* misères et grandeurs.
Saluons l'*Aube*, et qu'on se dise : Alerte !
A notre *poste*, enfants d'un saint devoir.
Et lorsqu'enfin la vigueur nous déserte,
Dans la *retraite*, arborons l'éteignoir.

P.-J. K.

UN COUSIN A SA COUSINE

*A l'occasion d'une paire de bottines données comme
étrennes, le 31 décembre 18...*

Pour tes étrennes, ma cousine,
Reçois l'élastique présent ;
Je veux que la souple bottine
Orne ton mollet séduisant.
Permets à ton ami le petit mot pour rire ;
Quand la chose plaît, tout mot sied.
Si tu penses à moi, du moins tu pourras dire :
J'ai trouvé chaussure à mon pied !

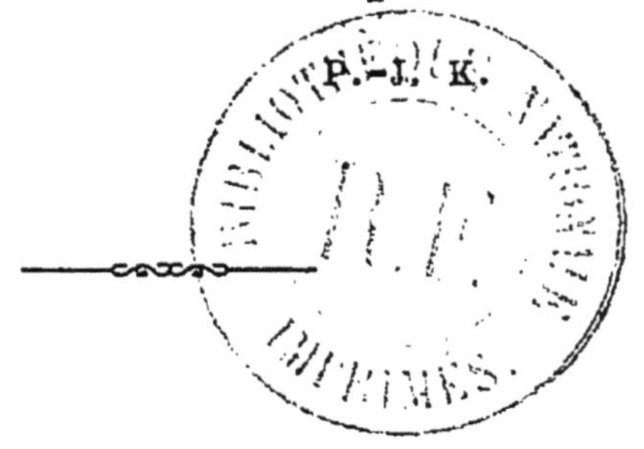

9 782014 044386